시가 나올 줄 알았지

시가
나올 줄
알았지

조희전 지음

벌써 세 번째 시집입니다. 물론 압니다. 시집으로 먹고살기는 힘들다는 것을. 하지만 저는 시 쓰기를 포기하고 싶지 않습니다. 시가 나오는 한 계속 적어 내릴 것입니다. 시의 가치는 돈벌이에 있지 않다는 것을 알고 있기 때문입니다. 우리가 살아감에 있어서 중요한 것은 돈이지만 우리가 사는 이유가 돈이 될 수는 없습니다. 시야말로 우리가 진정 살아가는 이유가 될 수 있다고 생각합니다. 제가 쓴 시들은 한 시인의 작은 목소리라고 생각해 주셨으면 합니다. 때론 대기업의 회장님보다도 작은 시인의 목소리가 소중하게 느껴질 날도 있을 겁니다.

목 차

2부

3부

4부

1부

기도

내 생에 단 한 번 기도하는 영혼이
있었으니

그는 이미 죽은 지 오래
낡은 사진첩에서도 그를 찾지 못해

다시금 시작하는 오늘 아침에도
너를 위한 기도는 이제 없으리

단 한 번의 추억에 젖은
내 가슴은 두 번 다시
너를 찾지 않으리

주인공

다들 드라마 속의 주인공 원해
이래저래 치장하지만
삶은 욕망을 따르지 못해

재벌 2, 3세의 삶만을 원해
현실은 그 상상을 따르지 못해

제 아니 노력하고
제 아니 행운하고
그럴 리 있으랴.

용기 있는 자만이
천 년에 한 번씩 열린다는
그 기회의 문을 열고 들어갈지니

꿈꾸는 주인공들아
매일 그때를 준비하라.

여린 새싹

여리고 순한 자여
그대는 복 받을지어다.

세상의 고통 이겨낸 자여
그대는 복 받을지어다.

모든 인간의 가슴속에는
여린 새싹이 자라고 있으니

시들지 않게 새싹들을
물 주며 아프지 않게 키우라.

승리

네가 무엇을 했길래
대체 네가 이긴다는 것이냐.

너의 잘남이
그렇게 뛰어난 것이냐.

희생은 없고
머리만 있는 그대여

너는 영원히
그 상태에서 벗어나지 못하리라.

Jesus

손톱만큼도 양보하지 않을 인간들이
그분을 욕하는 것을 보면 가당치 않다.

그 사람들은 과거에 돌아가면 침 뱉을 족속들이여
아니 살 속을 파고드는 못질을 할 사람들이라

그럼에도 용서하는 그분을 따를 수야 있으랴

세상은 비열하고 똑똑한 이들이 앞서는 것 같아도
그들의 생은 거기에서 사그라질 뿐이다.

추억 1

잃어버린 고등학교 친구들이여
잃어버린 기억들이여
퇴색해 버린 시간들이여

하지만 꿈속에서 나는
종종 그곳에 가곤 한다.

난 다시금 옛 기억을
되살려 그리운 추억 속으로 빠져든다

나, 너 그리움, 시간, 그리고
잊혀진 추억들.

믿음

내 믿음이 온전치 못해
의심을 하는 것은
나의 잘못은 아니다.

오랜 진화를 거쳐
생성된 의심 유전자가
내 안에서 부활했을 뿐이다.

신을 사랑하는 자가 인간을
사랑하지 않을 리 없다.
그래서 믿음은 위대한 것이다.

홀로되는 고독에도 굴하지 않고
믿음을 지키는 자, 그 사람은
당신인가.

괜한 시름

괜한 시름에
한 소리 들었다.

인생은 무엇이랴
답 없는 물음들

몸은 여위고
정신도 미약해져

아무렴 즐거이
먹을 뿐 또 다른 게 있으랴

고운 마음

못난 얼굴 하고
시 한 수 지어볼까

마음은 고와서
미인이 될 수도 있어

겉보기는 전부 아니니
팽 당할 수 있으랴

고운 마음으로
천 년 기약하노라.

채색

어두운 골목길을
둘이 나란히 걸어간다.

나는 잊혀진 기억을
잡지 못하고

꿈속에서 물감으로
세상을 채색한다.

팔레트에 번져가는 물감이
도화지에서 춤을 추고

나는 그대의 기억을
잊은 채 생을 살아간다.

영혼

나의 거주지는
나의 영혼

너의 거주지는
너의 영혼

언제든 홀연히
떠날 수 있는 영혼

비행

저공비행한다고
무시하지 마라
그들도 열심히 날고 있다.

사람들은 높은 곳만
좋아해
고개 들어 위를 보지만

그곳은 까마득히 높아
안개가 낀 듯
잘 보이지 않는다.

아무렴 높은 곳과 낮은 것이
있는 줄 알아
열심히 날갯짓을 할지어다.

고백

철없던 나의 고백은
바닷속으로 흩어지고

눈물 흘리던 내 눈동자는
어느새 색깔을 잃어가고

당당했던 한 영혼
시들어 단지 괴롭지 않기만을 바란다.

파도와 맞서겠다는 선장은
어디 가고 가엾은 노인네로 남았는가

일상의 황홀

엘칸토 구두 상품권
편히 누워 쉴 공간
빠르게 달리는 차

우리의 일상은 황홀하다.
세상은 가난을 싫어해
그것을 멸시하고 조롱한다.

두려운 게지 두려운 게지
거지가 되는 게 두려운 게지
그들은 열심히 일한다.

나쁜 마음 먹어
돈을 많이 벌어도
그대의 마음은 왜 가난한가

걸리버의 나라

꿈속에서 나는
걸리버의 나라로 떠난다.

엄마야, 나는 거인이 될 테야

큰 몸으로 적들을 무찌르고
칭찬 받아 즐거운 날

어릴 때의 꿈속은
그처럼 즐거웠더니만.

부를 사랑하는 사람

부를 사랑하는 사람은
더 이상 시를 읽지 않을지도 모른다.

식구들의 식량과 옷가지들,
그리고 생필품들이
공허한 글자와 무슨 상관이랴

그들은 돈벌이에 나섰으니
마음의 양식을 먹을 필요는 없겠지

부를 사랑하는 사람은
더 이상 시를 읽지 않아도 될지도 모른다.

그들의 마음은 부 속에서
이미 충족되었을 테니까.

시 읽기

바람 부는
오후 한낮에는
시를 읽는다.

공원에 북적이는
사람들 틈에 끼어
신음하던 한 영혼은

시의 세계로 건너가
마음의 평화를 되찾는다.

사람은 사랑이고
사랑은 사람이다.

하루

외로울 때는 시절 지난
아이돌 가수의 노래를 듣는다.

주님, 오늘 하루는
번거로웠습니다.

시간 속에 정지된 나는
과거로만 머리를 내민다.

세월은 어느새 옆구리를
지나고

나는 어느덧
나이가 먹었습니다.

고양이

고양이 고기가 먹고
싶어

변태인 걸까
나의 욕망은 끝이 없다.

세상 모든 것을
먹어도 더 먹고 싶겠지

배고픈 어린아이처럼
어리석은 내 마음이여.

칼날

가슴이 베일 듯한
칼날 같은 사람

피 묻은 당신의
검으로 나를 베어라

나는 허수아비처럼
부서져 내릴지어니

그대 꿈꾸는 곳으로
한 걸음 다가갔는가.

불

데인 데에
불을 던지는 이들아

너의 마음은
왜 이리 잔인하냐

나도 완벽한 인간은
아니지만
그대의 모습도 보기 좋지 않다.

모든 중생은 부처이니
함께 극락을 꿈꿔 보노라.

마음속의 전투

끝없는 공격이
이어지고

내 마음속에
마라가 환생했나

질투, 조롱, 위선이
날 잠식하고

철없는 꼬마들의
돌 던지기가 시작됐다.

난 그저 그 공격들을
참고 견딜 뿐이다.

그대여, 비록 오늘은
그대가 승리할지라도
나를 영원히 패배시키지는 못하리라.

고구마

고구마 하나 먹으면
배부르니 고구마
아니 먹고 무엇하리

아이야! 고구마 한 솥
삶아서 식구들끼리 나눠 먹자꾸나

원숭이도 먹는 고구마
그것 참 맛있겠구나

모락모락 김 나는 고구마
껍질 벗겨 놓고 한입씩
베어 먹는다.

눈물 1

내게도 눈물이 있었다.
어느 순간부터 나는
울지 않는다.

내 마음이 바위나
강철이 된 것은 아니다.

나는 다만 홀로 지냄에
익숙해졌을 뿐이다.

슬픔은 한순간이니
울면 무엇하리.

반성

반성을 하자면
끝이 없다.

윤동주처럼
자신을 바라보면

내 마음은 온통
부끄러움뿐일 것이다.

너는 이미 속물이라는
속삭임에 나는 이미
부끄러움을 잊었구나

사이보그

사이보그가
개발되면 영생을 한다지

나는 너무 일찍
태어났구나

기계 몸 가지고 평생 살면
원 없이 살겠지.

어둠

나의 마음은
어둠을 걷고 있다.

자신의 마음이
어둡다는 그녀보다
내 마음은 더욱 무겁다.

어둠의 끝이
자살이 아니듯

빛의 탄생은
기쁨만은 아니다.

하느님의 진정한
소망은 무엇이랴.

하나의 점

너는 가난한 시인 아니뇨
세상이 조롱할 때

칼이 펜보다 강함에
절망할 때

나는 하나님의 소망을
떠올려 본다.

쾌락에 물든 밤을
지내려는 것인가

소망 속의 마음을
지키려는 것인가

난 시간 속 흐름에
단순히 하나의 점이었을 뿐이다.

작은 속삭임

시인은 왜 이리 무력하뇨
마음이 움츠러들 때

나의 작은 속삭임으로는
세상을 바꿀 수 없겠지

사랑도 우정도 버려놓고
나는 홀로 시간을 보내고 있었다.

우주의 절대자 마음은
나와 같지 않은지요.

천국

지옥 천국 나누어
설교할 때

예수님을 무엇이라
생각하느냐 물어볼 때

내 마음은 갈등과
번민으로 잠을 이루지 못한다.

담대하라는 그분의
말씀 따라 오늘 하루 당당하면
그만이다.

시

너는 시를 모르뇨
은밀한 마음이 속삭일 때

나는 단어들을
늘어놓으며 한낮을 즐기고 있었다

취하지 않아도 절로 노래가
흘러나오니

이게 시인의 마음이
아니고 무엇이랴

주문을 걸어보지

나는 왕 되라지
주문을 걸어보지

봄이 오면 솟아나는
풀잎처럼

초록빛 가득한
정원을 걸어보고

향긋한 풀냄새
맡으며 산을 오른다.

괴로움과 기쁨은
같이 있어 언제나
나를 따라온다네.

그리움

그리움도 한순간이더군

암 그렇지

때때로 떠오르는 그대 생각도

세월 지나면 한순간이지

또라이

말을 잘하는 또라이가 있지요
말을 못하는 또라이도 있지요

말을 잘하는 것과
말을 못하는 것은
또라이와는 상관이 없어요

오늘도 말 잘하는 또라이를
꿈꾸며 글을 적어요.

구약

구약을 다 읽고도
난 깨닫지 못했지요

나는 검으나 신은 아름답다고
하지요

그 말씀 새겨가며
오늘도 아름답고 싶어라.

2부

동그라미

나는 하나의 꿈꾸는
동그라미

점점 커져서
뒷동산만큼 커졌으면 좋겠네

동글동글
굴러가는 하나의 동그라미

내 마음도 동그래서
동글거리고 싶어라.

사이비 종교인

인간의 마음을 잠식하는
사이비 종교인은 물러가라.

약한 인간의 마음을
희롱하며 이익을 챙기고

헛된 희망을 약속하는
종교인들은 가라.

성전환

나 여자가 될 수 있다면
하나의 아름다운 꽃이 되리

그것은 이미 인간의 영역

한 송이 딸기꽃같이
사랑받고 살 수 있을까

작은 손길

아르바이트하는 청년도
노동자도
중소기업 직원도
힘을 냈으면 좋겠습니다.

우리의
사회는
우리들의 작은 손길에 달렸습니다.

욕심을 덜어놓고
하나의 마음이 되면
모두가 똑같은 사람입니다.

기다림 1

달콤한 네 입술로
나의 마음을 핥아 주오

그녀는 오늘도
허공을 헤맨다.

목매 죽지도 못할
나의 마음은
그대의 육체만을 기다리는데

자살 갓

신은 인간을 사랑해서
자살했다.

돌이킬 수 없는
그 실수

하나 스스로 살아났으니
이것은 인간을 놀리기 위함인가
스스로의 능력을 자랑하기 위함인가

담배 연기

한 모금 담배 연기처럼
내 마음을 위로해 주는
것은 없었다.

타르와 니코틴 가득한
검은 연기가 내 폐에
스미고

나는 현실을 벗어난
편안함에 잠들었다.

죽음의 그림자처럼
깊은 연기와
영영 이별하지는 못하리라.

시원한 수박

시원한 수박처럼
달콤함이

그대와 나 사이에
퍼져 흐르기를

따뜻한 아메리카노
처럼 깊은 향기가

그대와 나 사이에
깃들기를

오늘도 그대를
그리며 잠든다.

미친 방해 공작

나의 앞길을 막는
너의 미친 방해 공작

하나 지치지 않고
새로운 시도로

나는 앞길을 향해
질주하는데

정지되어 있는 스포츠카처럼
움직이지 않는 네 눈동자

신세계에서

나의 마음은 삶에 지쳐
부스러지고

네 마음은 허욕에 가득 차
독한 연기를 내뿜는다.

말라붙어 버린 성기처럼
처량한 신세에서

미래를 꿈꾸는
신세계로 발걸음을 옮긴다

초록 마음

초록이 초록일 수 있는
이유는
네 마음이 투명하기 때문이다.

네가 너일 수 있는 이유는
네가 그렇게 서 있기 때문이다

나 하나로도 너 하나로도
채워지지 않는 마음은
우주에 무지개가 떠 있기 때문이야.

역기라도 들리라

실연에 가슴 아파하지 말고
어두운 밤거리를 헤매지도 말고
역기라도 들지어다

무거운 삶의 무게만큼
무거운 쇳덩이들이
인생의 근육을 단련시켜 주리라.

메이저 일류투수와 초등교사

메이저 일류투수를 보기 위해
손바닥만 한 액정 앞에 모였다

포수에게 돌진하는 공들은
모두 그가 뿌린 것들이다

나 역시 던지지는 못하나
그건 진라면보다 화끈한 것이었다

잊혀진 시간 속의 그는
타자를 잠재우고 또 누구의 시간을
잊게 했나

터미네이터와 007

나는 살인 명령을 받은
터미네이터이다.

모두들 내게 감정이
없다 생각하지만
나도 생각이란 것을 할 줄 안다.

그는 살인 면허를
가진 007이다.

다들 그를 멋있다고 생각하지만
사실 나와 다를 바 없다.

습한 골목

우산을 쓴 매춘부들이
모여 있는 골목에는

시간을 잊은 이들이
쾌락을 사러 몰려온다.

골목마다 사람은 아니
오고

욕망을 좇는 짐승들만이
으르렁 소리를 내며 찾아온다.

오늘도 갈 곳 잃은 영혼
들은 그곳을 배회하지만

짙은 화장을 한 그녀들은
이미 삶을 버린 지 오래였다.

세월

작은 세월
큰 세월
온갖 세월 다 견디며

먹잇감을 향해 뛰어드는
호랑이처럼
세상과 맞서 싸워온 당신은

이제는 그 가죽을
벗고 한 마리 새가 되어
자유를 향해 날아갑니다.

먼 훗날 과거를
돌아보며
웃음 지을 그 날이 되면.

달다 쓰다

눈물을 한 움큼씩
삼켜보신 적이 있으시나요

아니면 늘 단것만
드시는지요

인생의 약들은
쓰면서 달고
달면서 쓰다.

이를 알아
괴로운 일에 좌절 말기를

한 장 차이

살인자와 성자는
종이 한 장 차이

이를 모르는 사람은
나쁜 사람을 비난하지만

모두의 내면에는
백만 악들이 숨어있다.

나이 들수록 커져가는
악에 고개 숙이지 않고

순수한 마음으로
세상 살아갈 그대 어디 있는지요.

홀로 또 홀로

내 오늘 갈 곳이 없어서
집 안에만 있는다.

홀로 있음은 고요해서
원효대사 못지 않다.

아무렴 제 잘나지 않고
무엇하리

큰 산 바라보며 호흡하고
또 마냥 앉아 있는다.

욕망

나의 욕망에 지쳐
무릎 꿇을 때

나는 하나님의
눈동자를 바라본다.

버려라, 비우라
외침 속에

탐욕의 손은
아직도 욕망을
붙잡고 있고

가는 세월
그 욕망 다 버리지 못했다

추억 2

나는 어릴 때의
추억 속으로 돌아가 꿈을 꾼다.

이제는 돌아갈 수 없는
과거

꿈속에서만 작동되는
타임머신

아른아른 사라지는
과거를 헛손질하며 일어났네

이제는 현실로
앞만 보고 달려가자.

해넘이

해 넘어간다.
해 넘어간다.
아름다운 해 넘어간다.

시간이 흐른다.
시간이 흐른다.
하염없이 시간이 흐른다.

다시금
돌아갈 수 없는
어린 시절에

나는 꿈속에서
한번 그리운 마음에
찾아가 보았다.
깨어나 보니 다시금 현실

그러나 나는
어린 시절을 잊지 않으리라

페인트칠

나는 날마다
회갈색의 페인트를 바른다.

나무와 의자 사이 곳곳을
꼼꼼히 붓에 칠해 바른다.

팔은 아프고, 어깨도 당겨올 때
나는 잠깐 쉬었다가 다시 바른다.

거기에 안전띠를 두르고
마를 때까지 기다린다.

아 누구의 명인가.
나는 간절히 기도했다.
그해 가을 나는 괴로웠다.

절망의 섬

나는 그렇게 절망하고 있었다.
난 왜 절망한 걸까

민들레 뿌리에 붙은 흙덩이처럼
떨어지지 않는 절망 속에

나는 고갱처럼 시간을 잃고
예술에 몰두했다.

일체유심조

밤새 단물 먹은 줄
알았는데

내 시궁창 물을
마셨구나

모든 것은 일체
마음에 있나니

내 여기서 깨닫지
않고 무엇하리

아리가토

때는 이른 오후
내 욕망이 죽는 때라

무얼 할지 몰라
헤매던 시절 가고

나 편히 침상에
누웠다.

아리 가토 아리가토
아리 가토 로다.

눈물 2

계절이 깊어가니
내 아니 울쏘냐

저기 창밖에
꾀꼬리를 보라

암수 서로 정답게
울지 않느냐

나 비록 홀로지만
슬피 눈물을 흘렸다.

긴긴 기다림

따지고 생각하면
내 인생은 긴긴 기다림이었으니

어느새 자라있는 식물과
퍼져 있는 동물에 비할 바 못한다.

하나 나도 미련한 꽃봉오리
하나 피우려고

오늘도 긴긴 긴 밤을 기다리니
때론 그것도 좋지 않겠어요

어느 날 당신과 만날 때
시간의 상대성에 대해
논하지 않겠어요

긴긴 기다림

오늘도 긴긴 긴 밤을 지새우니
한번 기다려 보지 않겠어요

그 어느 날 하느님이 눈물이
되어 떨어질 촛불은

그의 몸이 다 타는 줄도
모르고

그의 세월을 보내고만 있었다.

나의 사랑도 때가 이르면
작고 아름다운 하나의 불꽃이 되어
빛나리니

그것도 아름답지 않겠어요.

뜨거운 가슴

사람이
팔다리 달렸다고
사람이랴

네 가슴에 뜨거운
것이 없으면
동물 이상은 아니리

젊음의 한가운데에서
뜨거운 가슴 가진 이여

이곳저곳 불을 지르고
네 영혼에 깊이 감사하리라.

춤추다

네 탐스러운 젖가슴이
어느 해에 아기의
잠잘 곳이 되리

네 아가여 그 모습은
아름다우니

어느 새벽별이
반짝이는 계절이 오면

그대와 한번 춤을
추어 보이리라.

기쁨

네가 가진 사랑의
아름다움이여

나는 그 기쁨에 취하고
싶구나

어느새 자라나는
이름 없는 풀꽃처럼

내 인생도 이름 없이
자라 왔으니

내 그대의 사랑과 만나
영원토록 함께
비에 젖으리라.

구름이 퍼지다

구름이 퍼진 강에
새의 고갯짓

너와 헤어지고 난
밤에 하늘의 노을빛

틀려도 틀려도
보고 싶은 너의 얼굴

아니어도 아니어도
듣고 싶은 너의 목소리

그리고 너와 나누었던
달콤한 첫키스

개구리

냇가에 빗물이 떨어지면
어느 고을에선가
개구리 울음소리가 들린다.

아버지를 모르는 개구리는
올챙이 시절은
잊은 지 오래다.

짝을 찾는 개구리는
이제 생명의 상향선을
향해 질주할지니

어느 새벽별 빛나는 날에
하나의 별이 되어
빛나리라.

가뭄

서성거리며
부르짖나니

때아닌 가뭄이여

태양은 뜨겁게 타고
지구의 물이 마를 때

네 입에 감로수
넣어줄 이 누구 있으리.

기다림 2

끝없는 기다림은
내 영혼을 초조하게 만드나
너는 서두르지 않는다.

나는 너와 함께할 시간을
종일토록 기다렸지만

너는 다른 이에게 달려가
버렸구나

아 네 영혼의 자유여
나의 쓸데없는 구속이여

언젠가 다시 만날 우리는
그때에 기쁜 눈물 흘리리.

3부

시가 나올 줄 알았지

갈팡질팡하다
내 이럴 줄 알았지

갈팡질팡하다
내 이럴 줄 알았지

시에서 시가 우러나와

한가슴 마음 가득히
찼으니

시가 나올 줄 알았지

벙어리 같은 침묵

벙어리 같은 침묵 속에
그의 마음은 불타고 있었다.

그것은 아궁이 속 장작불에 붙은
큰 불마냥 뜨겁고 강렬한 것이었다.

하지만 이 시대에 내가 해야 할 일은
오직 돈 버는 것뿐이다.

나의 갈망은 오직 부를 쌓는 것에 초점이
맞추어

시대적 갈망은 나의 의도를 벗어나
나는 결국 조용히 고개 숙일 수밖에 없었다.

징그러운 고착화, 거부하는 사회구조
냉철한 사회 인식, 쓰여지는 세금들

나는 이 시대를 고뇌하나 그것은 나로서는
당치도 않는 일이었다.

그것은 부의 집중화와 소비의 시대를
요구하고 있었다.

뭐든지 돈과 환원되는 세상 속에서
세속의 사랑의 속삭임은 아직도 여전한가

끝까지 끝까지 나는 가치만을 위한 삶을
살리라. 그것은 아마 워런 버핏도 좋아하겠지.

기도하는 영혼

무엇보다 사람의 힘은
기도하는 영혼에 있어

나를 위해 기도해 주는
한 사람이 있다면 그의 영혼은
축복 받은 거라.

무엇보다 사람의 힘은
기도하는 영혼에 있어

누굴 위해 기도하는 영혼이
있다면 그의 영혼은 축복 받은 거라.

그녀의 기억

그녀는 그렇게 단 하나의 추억도 남기지 않고
나의 곁을 떠나가 버렸다.

나의 머릿속에 그녀의 기억은 생생하나,
이젠 머언 과거의 일이 되어 버리고 말았다.

떠오르는 상념 속에 나는 과거의 일을 그 처음부터
하나씩 되짚어 보나 그곳에는 문제는 없었다.

누군들 기다리는 한 사람이 없었겠는가.
누군들 기다리게 하는 한 사람이 없었겠는가.

우리들 사랑은 한 방향에서 만나 축복이 되기도 하고
다른 방향 속에 절망이 되기도 한다.

그것은 하늘의 뜻이라 인간이 어찌할 수 없어
되돌리려는 내 마음 추스르고 크게 숨 쉬어 보았네.

쇠사슬

예리한 쇠사슬이 나의 가슴을 옥죄어
나의 영혼은 직장에 목매어 버렸다.

그것은 육체의 일, 그의 육체는 살찌우나
그의 정신까지는 살찌우지 못한다.

너의 영혼은 굶주리고 이제, 마른 뼈와 살가죽만이
남아 비명을 지를 터니
아아 끔찍하지 않겠는가.

그래도 번지르르한 얼굴 가죽을 하고,
몸은 온갖 호화를 다 누리니
그것은 영혼을 판 대가이니라.

육체도 거느리지 못한 영혼이나,
영혼을 책임지지 못하는 육체나
그것은 다를 바 없다.

영과 육체 모두를 살찌우는
그런 날이 오기를 바라며
나는 짧은 탄성을 내뱉는다.

밝은 희망

때는 늦은 오후이니
심잠한 밤의 어둠이
깊어질 때까지

나의 눈은 무언가를
찾아 응시하고 있었다.

잠 못 드는 이런 밤이면
나는 생명의 유한성을
한탄하고

미래에 대한 두려움으로
한번 몸을 떨어보는지라

하나 이윽고 밝은 새벽과
태양은 운명처럼 떠오를 터니

내 밝은 희망을 가지고
앞으로 나아가리라

산뜻한 오후

나는 산뜻한 오후의 어느 날에는
시끄러운 소음에서 벗어나
조용히 휴식을 취하고 싶다.

그곳에는 클래식 음악 소리가
들리며, 공기마저 달콤해 새소리
우짖는 그런 공간 말이다.

그곳에서 열국의 커피 한잔을
마시며, 여름 더위를 식히고
머언 공상에 잠기면

그 어느 신선 못지 않은 기분에
'참 좋다'고 반복해 외칠지도 모를 일이다.
그제야 나의 영혼에 감사하며
'참으로 고맙습니다'라고 조용히 귓가에
속삭일 것이다.

쓸쓸한 밤

왜 그런지 쓸쓸한 밤이 오면
나는 깊은 상념에 잠기는 것이다.

열패감에 사로잡힌 오후에는
왜 그렇게 마음이 흔들렸는지

나는 늦은 이 밤에서야 그 사실을
들추어내 새겨보는 것이다.

사람은 만남을 통해 희망을 발견하고
헤어짐을 통해 절망을 느낀다지만

오늘의 나는 언젠가 만날 사람들에 대한 기대를
가지고 하루하루를 성실하게 살아가는 것이다.

평소 성실함이 쌓일 때 그대들을 떳떳하게 바라볼 수 있겠지
이런 생각으로 하루하루를 참아 내는 것이다.

세상의 사람들은 따로 떨어진 것이 아니다
사람 간의 연결 고리야말로 사회의 구성원이
온전히 하루를 살아가게 한다.

이 밤 나는 쓸쓸하지도 외롭지도 않다.
다만 잘 해낼 수 있을까 하는 걱정이 든다.
하지만 이것 역시 쌓여가는 통장 잔고처럼,
무사히 잘 해낼 것이라고 믿는다.

헛된 일

인간은
헛된 일에 시간을 쓰고

헛된 일에 다투고
헛된 일에 서로 미워하며
헛된 일에 갈등을 일으킨다.

헛된 일은
중요한 것이 아니다

사람들의 싸움은
일종의 미혹이자 헛됨이다.

사령

이게 무어냐
나의 영혼은 죽어가는 것이 아니냐

나는 내 삶을 잃어버리고
직장에 종속되어 버렸다.

그것은 내가 추구하던 것이었으나
이제는 내가 버려야 할 것이 되었다.

그대는 간간이 자유를 말하는데
나는 이제 영영 죽어 버린 것이 아니냐.

털 달린 원숭이

너는 옛날 어느 날
털 달린 원숭이가
사람이 되었다는 것을 믿느냐

그것은 어느 정도
이해는 가능하나
그것이 정녕 사실이더냐

나는 설령 그 옛날의
털 달린 원숭이였다고 할지라도

지금은 인간으로 살아가고 있으니
이제는 그 원숭이와는 영영 이별했다.

구름 타고 물 타고

구름 타고 물 타고
나아가는 이 길이
멀기만 하더라도

나는 마음을 움켜잡고
이 길을 넘으리라

반드시 반드시 넘어서서
세상 속에 외치리라.

이것은 바로 노력과 열정의
힘이라고

포도송이

내 어느 날 너의 달콤한
포도송이가 되어주리

알알이 스미는 달콤함이
혀끝을 스치고

과즙이 껍질 사이로
퍼져 나올 때

영원히 잊지 못할 기억으로
너의 추억에 남으리.

눈물 3

내가 슬퍼서 울었다는 것은
아니다.

하나님의 고난을 듣고서 내가 울었다는 것도
아니다.

나는 다만 이유 없이 눈물을 흘리고 있었다.

인생은 쓸데없는 탐욕과 자존심 싸움이다.

그따위 것들은 없어도 살 수 있다.

나는 영원한 생명이며 무한한 자유다.

미타찰

하늘이 춤추는 오후에는
미타찰에서 볼 그대를 생각한다.
그대의 몸이 없어지면
그대 역시 한 모금 연기가 되겠지
이렇게 생각하며 아쉬움에
커피 한잔 하며 그대를 그린다.

달그림자

달그림자에 고개 숙이는 그대여

넌 썩었다는 말 한마디 남기고
사라지는구나.

그대의 체취는 달콤하나
그대의 썩은 육체에서는 고약한 냄새가
나는구나

그대와 손잡으며
이별주를 마시듯이

그대와는 영영 이별이구나
아 하늘이여 달그림자여

나의 마음을 속인 그대의
검은 그림자여

시간을 잠재우다

오 사랑하는 여인아
나의 시간을 잠재워
너의 가슴에 안기게 해다오

시간의 모래알은 어둠 속에서
낭떠러지 밑으로 끝없이
떨어져만 가는데

나는 알 수 없는 깊은 심연 속으로
향하여 그대의 마음속으로
추락하고 싶구나.

거짓된 너의 위선과 꾸밈으로도
어느 풀 한 포기의 진실도 찾지
못할지어니
아아 너의 꿈은 가상하구나.

오 주여

오 주여
당신을 향한 나의 사랑은 영원합니다.

어둠 속 발밑의 무덤 속에
파묻혀 구더기의 먹이가 될지라도

나의 영혼은 항상 그대를 바라
봄에 영원합니다.

그 어느 날 다시 부활해
그대의 향기를 맡을 수 있다면

나는 어느 무덤 속 백골이 될지라도
기뻐할 것입니다.

어둠 속 빛나는 눈동자

어느 어둠 속 빛나는 눈동자
있었으니

그것은 뭇 짐승의 눈이
아닐지라

하나 그 빛나는 눈도
태양이 솟아오르면

그 아래에 소멸될지니

어둠 속의 빛은 어둠 속에서만
강하게 빛날 뿐
본디 광명 속에서는 빛이 아닐지라

빛은 소중하나, 어둠 속에서 소중하니
그때를 맞추어 어둠 속을 비추어라.

종이배

나 마음을 담아 그대에게 편지를 보낸다.

태평양 먼 거리를 건너
그대에게 닿을 수 있도록

하나의 종이배처럼 두둥실 편지는
떠가고

내 마음도 어엿한 기쁨에 두둥실
떠나갑니다.

어느 시인

너는 더 좋은 글을 쓰기 위해
몸부림치던 김 아무개 시인의 고생을 아느냐

너는 벽돌을 나르다가 허리가 아파
몸져누운 이 아무개 씨의 사연을 아느냐

너는 좀 더 좋은 성적 얻기 위해 머리를
쥐어짜던 최 모 군의 노력을 아느냐

너는 더 예쁜 얼굴을 얻기 위해
수술대 위에 오른 박 모 양의 아픔을 아느냐

너는 이제 알겠지 누구나 힘들다는 것을
그리고 그 사람은 네가 될 수 있다는 것을

슬픔이 없는 45초

나와 함께하지 않으리
슬픔이 없는 45초
고로 눈물도 없다.

애초에 눈물이 없는 게
아니라 이미
바다만큼 많은 눈물을 흘렸다.

나와 함께하지 않으리
기쁨이 있는 45초
나는 영원히 기뻐하리라

세상을 밝게 비추자

우리들 사는 게 어렵지 않아
마음 편히 지낼지라도

언제나 곁에 있어주는
고마운 사람들을 생각하자

명목뿐인 허울과 명예에
빠질지라도

캄캄한 세상 눈 감지 말고
두 눈 부릅뜨고 살아가자

가슴에 아픔과 절망이 있을지라도
소중한 희망에 불붙여서
어두운 세상을 밝게 비추자.

시를 적다

잠이 오지 않는 밤이면
시를 베껴 적는다

한 자 한 자 베끼다 보면
내 마음속에 새겨진다.

방 한구석에서 시인을
만날 수 있으니 이보다 더
좋을 수 없다

나의 걱정과 불안을
잠재워 주신 고마운 님이여.

닥치는 대로 살자

이것저것 생각 말고
닥치는 대로 살자

앞서려고 잘나려고 하지 말고
뒷자리를 묵묵히 걸어가자

어느 날 세상 끝나는 날까지
소중한 날들을
기억하며 살자

십자가

갈피 못 잡고 방황하는 날에는
예수님의 십자가를
생각해 봅니다.

무한한 사랑을 고통과
바꾸신 그분을
따를 수야 있겠습니까

어느 늦은 밤 불면에
시달리는 것은

조금 더 그분을 생각하라는
뜻으로 알겠습니다.

목걸이

흐르는 내 눈물을
모아 네 진주 목걸이를
빚어 줄게

상처받은 네 영혼에
새잎이 돋아나기를
너의 아픔 속에 녹아 흐르는
샘물이 되어 줄게

눈물 4

처음에 운 것은 저지만
당신 역시 눈물을 흘릴지도
모르겠습니다.
혹은 울지 않을 만큼 강한가요
밤은 깊어가고 새벽은 오는데
문득 님 생각이 나서 그립습니다.
이제는 헤어졌지만 몸조심하십시오
몰래 그대 영혼에 다녀갑니다.

알 수 없는 생

세월 속에
조급하고 초조한
마음을 묶어 놓고

뭔가를 이루려
급한 마음들
다 씻어 놓고

때론 그리움에
잠길지라도
그대 모습 다 지워놓고

알 수 없는 생의
한가운데 앉아
조용히 노래 한번 불러본다.

행복

나는 행복하다

나는 홀로 있어도 좋다.
나는 행복하다.

네가 오지 않아도 좋다.
나는 행복하다.

행복해서 잠들기 싫을 정도로
나는 행복하다.

꿈속에서도 행복하기를

눈

소복소복 쌓인 눈을
걸어가는 할머니와

그 뒤를 따르는
강아지 한 마리가
짖고 있었다.

나는 눈송이가 떨어지는
하늘을 바라보며

슬픈 눈으로 눈물을 흘리면서
마냥 걷고 있었다.

하늘엔 비행기 한 대가
두둥실 구름처럼 떠가고

우리들 인생도 눈처럼
한바탕 내렸다가

햇빛 비추면 허망하게
사그라질 것이다.

그게 사랑이었음을

너의 가슴속 하지 못한
말은 그것은 사랑이었음을

바람에 흔들리는 풀잎처럼
주체할 수 없었던 내 가슴은
사랑이었음을

너 떠나고 남몰래 내가
흘렸던 눈물은 그게 사랑이었음을

우주유랑단

나는 차라리 홀로
우주를 여행하리

나의 영혼아 불멸을 꿈꾸고
영원을 사모하라.

어느 날 그대가 나의
기쁨이 되어 눈물이 흐를 때

지켜보던 너와 손을 잡고
은하수 저편으로 떠나자꾸나

죽음

죽음은 자주 빛깔인가 보다.
왜냐하면 핏빛이 자주 빛깔일 테니까.

죽음은 또 하나의 세상인가 보다.
죽음 뒤에 또 다른 세상에 갈 테니까.

죽음은 영원한 이별은 아닌가 보다.
죽음 뒤에도 우리들에게 영원히 기억될 테니까.

꽃피워라

썩은 장미의 향기를 누가 더럽다 하느냐
마리아의 젖은 손같이 아름다운 그대여
세상의 고통 속에 절망하지 말고
단 하나의 아름다운 꽃을 꽃피워라.

4부

아직도 같은 하늘 아래 있네

때 묻지 않은
너의 순수한 마음이
좋았어
지금도 예전처럼
그 마음인 건지
세월 흐름에 주름살
피할 수 없겠지만
같은 지구 같은 하늘
아래 숨 쉬고 있다는 것을
잊지 말자

별이 되리라

나 죽어서 하나의 별이 되리라
자신의 몸
새하얗게 태워가며
스스로 빛을 내는 그 황홀한
별이 되리라
타인의 길 비춰 주고
가슴속 소망 꿈꾸게 하는
그 찬란하게 아름다운
별이 되리라

나무 1

나 하나의 나무가

되리

뿌리로 물 흡수해

짙은 잎 키워내고

그대 위해 그늘 만들어

주는

시원하고 푸르른 나무

한 그루 되리

피할 수 없다면

피할 수 없다면
나 기꺼이 견디리라.
고통이 없다는 것은
시시한 일
고통이란
무엇을 향한 노력
피할 수 없다면
나 기꺼이 견디리라.

인생이란

슬픔이 있는 만큼
기쁨도 있고
아픔이 있는 만큼
위로가 있고
고통이 있는 만큼
즐거움도 있다.
모두가 다 손을 잡고
다 같이 온다네

마음의 행복

나는 그대가 마음의 행복을 가졌으면 좋겠다.
물질적인 행복도 행복이지만
그보다 마음의 행복을 가졌으면 좋겠다.

헛된 욕망에 빠져 고통받기보다
나눔과 베풂의 정신으로
마음의 행복을 가졌으면 좋겠다.

숨 쉬는 것 물 마시는 것으로
만족할 수 있는 겸손하고
겸허한 삶을 살았으면 좋겠다.

헛된 욕망 갖지 마라

욕망은 사람을 괴롭힐 뿐이다.
헛된 욕망 갖지 마라.

공기와 물에 감사할 때
그대 행복을 알지어다.

헛된 욕망 갖지 마라.
괴로울 뿐이다.

지금 이 순간의 행복에 집중할 때
진정한 행복이 찾아오리라

갈증

소금물을 먹으면 갈증이 난다지
소금물을 먹은 듯이 갈증이 난다.

한낮 소나기 휩쓸고 나서
풀잎 새초롬히 내미는 식물들
조차 목이 마른다.

십자가의 예수는 얼마나
목이 말랐을까

주님께 시원한 물 한 컵
대접할 수는 없는 건가요

나는 지지 않는 태양

나는 지지 않는 태양
하늘의 왕자
바다의 퀸
지상의 늑대
허공의 독수리
그것들은
다
본래의 나의 모습
시간은 영원히 돌고
공간은 잡히지 않아
무한한 나의 자아여

봄날

계절 어느새 겨울 지나 봄
따뜻한 바람이 귓가를 스쳐 지나간다.

너의 모습 이제 볼 수 없어
하루 종일 아쉽지만

봄날의 나무에 핀 벚꽃잎처럼
활짝 핀 꽃으로 너의 가슴에 안겨 보노라.

부보다도 값진

성공을 기도했더니
성공보다 값진 겸손을 주셨네

부를 기도했더니
부보다도 값진 양심을 주셨네

행복을 기도했더니
행복보다 값진 감사를 주셨네

즐거움을 기도했더니
즐거움보다 값진 기쁨을 주셨네

날 안아줘

따뜻한 네 손길로 날 만져줘
내가 네 사랑을 느낄 수 있게

아름다운 목소리로 나를 불러줘
네 사랑을 느낄 수 있게

부드러운 미소를 내게 보내줘
네 사랑에 빠질 수 있게

부드러운 네 가슴으로 날 안아줘
내가 네 곁에서 숨 쉴 수 있게

나의 사랑

나의 사랑으로 당신의 아픔을 안아주고 싶어요
나의 손길로 그대의 슬픔을 없애주고 싶어요
나의 목소리로 그대의 마음을 기쁘게 하고 싶어요
하나뿐인 당신을 사랑합니다.

사랑보다 더 좋은 것은 없습니다

때론 원수처럼 굴기도 하지만
나보다 그대를 사랑하는 사람은 없습니다.

때로는 멀게만 느껴지지만
나보다 그대에게 더 가까운 사람은 없습니다.

때로는 외롭게 느껴지지만
나보다 그대와 친한 사람은 없습니다.

그대를 만나고 알았습니다.
사랑보다 더 좋은 것은 없습니다.

다시는 찾을 수 없게

네게 아픔 주지 않으려
나 홀로 눈물을 참았어

네게 슬픔 주지 않으려
나 홀로 눈물을 흘렸어

다시는 날 찾을 수 없게
나 홀로 골방에 숨었어

어린 사슴

시의 샘에서
목을 축일래

사냥꾼을 피해
도망갈래
어린 사슴아

너의 긴 다리는
너의 뿔보다
멋지구나

풀숲을 뛰어가렴
사냥꾼 보이지 않게
나의 어린 사슴아

나에게서 너에게로

나의 아픔이
네게 물들지 않기를

나의 슬픔을
네가 느끼지 않기를

나의 행복을
네가 나누어 가지길

언제나 축복이
함께하기를

그대가 있어서

그대가 있어서 오늘도 행복합니다.
조용히 기도하겠습니다.

진한 꽃 한 송이 되어

우리네 인생에 고난이
없겠느냐마는

진한 향기 내뿜는
꽃 한 송이 되어

세상만사에 깊이
흐르게 하리라.

넉넉한 가슴 되어

더 이상 속세에
물들지 않고

넉넉한
가슴이 되어

아픈 눈물 닦아주는
맑은 한 영혼 되리라.

자유

자유롭고 싶다던 너

사람 일이 뜻대로
되지는 않겠지만

네게 온전한 자유를
허하노라.

독서

정신이 아득해질 정도로
책을 보면

어느새 성공의 그림자가
그늘을 드리운다.

성공하고 싶은가
그렇다면 책을 보아라.

감사송 1(서시)

죽는 날까지 하늘을
우러러 감사하기를

잎새에 이는 바람에도
나는 감사해했다.

별을 노래하는 마음으로
모든 사람들에게 감사해야지
그리고 나에게 주어진 길을 걸어가야겠다.

오늘 밤에도 감사가 이마를 스치운다.

감사송 2(진달래꽃)

나보기가 역겨워 가실 때에는
말없이 고이 감사하겠나이다

가시는 걸음걸음
놓인 감사를 사뿐히 즈려밟고
가시옵소서

나보기가 역겨워 가실 때에는
죽어도 아니 감사하겠나이다.

뜨거운 열정

뜨겁던 가슴이
식어간다.

나이 먹어
가는 걸까

미친듯한 열정이 없어
아쉽기도
편하기도 하다.

나의 뜨거운 젊음아
이제부터 시작인데
꺼지면 어떡하니

내 가슴에 불붙여 줄 사람
기다리며 오늘도
저 하늘에 기도만 하네

잠자리

힘든 날도
있겠지

날개를 접지 마
잠자리야

푸른 하늘
끝까지

높이 날아
가을바람 느끼며

자유롭게
노는 날 올 거야.

다시 바람 불어와

어느새 거칠어진 손이여
나이를 먹어 어쩔 수 없구나

마음은 언제나 젊어야지
그러나 어느새 시든 내 마음

육체가 쇠락하고
마음도 떨어져
이제 젊음은 그만인가

하지만 내 가슴 어딘가
세찬 바람과 함께

뜨거운 열정 훅훅 불어와
내 삶을 다시 한 번 태우리니

시원한 강바람과 맞서
뜨겁게 그리고 강렬하게
내 삶을 녹여다오.

산새

나의 가슴에 창을 내면
작은 산새들이 들어와
우짖다 가고

바람이 부는 들판에는
나무가 홀로 서 있어
듬직하다.

저마다 슬픔 가진
인간들은 걸어가지만
그 길 언제 끝날지 몰라
두렵다.

웃는 날

월요일은 원래 웃는 날
화요일은 화가 나도 웃는 날
수요일은 수수하게 웃는 날
목요일은 목 아프게 웃는 날
금요일은 금방 웃는 날
토요일은 토하도록 웃는 날
일요일은 일어나서 웃는 날

열정

내 가슴 속에
활화산이 타오른다

우르르 쾅쾅
천둥 같은 소리와

시뻘건 용암이
흘러내린다

그것은 내
뜨거운 열정

사람들을 위한
행동으로

너와 나를 위해
뜨겁게 타올라라

겸손과 행복

저를 늘 겸손케
하시는 주님

넘치도록 주고
싶으시나

절제를 잊지 말라며
알맞게 주시며

너무 많은 것을 주면
자기만 알까 봐

부족함으로
이웃을 생각하게 하시네

그 큰 은혜
헤아릴 바 없지만

나도 주님을 닮아
오늘 하루도

겸손의 행복을

배우고 갑니다.

삶

삶이 내게 해주는 것에
대한 고마움과

세상을 향해 베풀어야
겠다는 나의 의지가

남보다 조금 더해
앞서 나가며

타인의 뒤에서 앞을
비추는 손전등이 되어

우울해하는 날에도
괘념치 않고

절대로 포기 말고
앞으로 나아가자

미래

꿈으로 잠을
설친 날에는

좋든, 싫든
과거는 덮어두고

밝은 미래를
향해

끊임없이
질주하자

나무 2

너와 내가 만나
내가 너의 아름나무
그림자 되어 주고

신선한 잎과 아름다운
꽃을 보여주고

결국에는 너의 집
지어주는 큰 기둥이 되어
백 년 동안 너를 지키리.

인내

오늘도 즐거운
인내로
나의 때를 기다립니다.

긴 긴 기다림이
싫지만

성공을 위해
참아야겠지요

지루하지만
어쩌면 황홀한
인내심은

나를 더 성장
시켜 줍니다.

시가 나올 줄 알았지

초판 1쇄 인쇄 2021년 12월 24일
초판 1쇄 발행 2022년 01월 03일
지은이 조희전

펴낸이 김양수
책임편집 이정은
편집디자인 권수정
교정교열 이봄이

펴낸곳 도서출판 맑은샘
출판등록 제2012-000035
주소 경기도 고양시 일산서구 중앙로 1456(주엽동) 서현프라자 604호
전화 031) 906-5006
팩스 031) 906-5079
홈페이지 www.booksam.kr
블로그 http://blog.naver.com/okbook1234
포스트 http://naver.me/GOjsbqes
이메일 okbook1234@naver.com

ISBN 979-11-5778-519-3 (03800)

* 이 도서의 판매 수익금 일부를 한국심장재단에 기부합니다.